MADAME DE CHARRIÈRE

L'ÉMIGRÉ

COMÉDIE

EN TROIS ACTES

1793

NEUCHATEL
IMPRIMERIE WOLFRATH & SPERLÉ

1906

Offert à la Bibliothèque
nationale, Un travailleur re-
connaissant.

Philippe Godet.

2 Avril 1906.
Neuchâtel (Suisse)

L'ÉMIGRÉ

MADAME DE CHARRIÈRE

L'ÉMIGRÉ

COMÉDIE

EN TROIS ACTES

1793

NEUCHATEL

IMPRIMERIE WOLFRATH & SPERLÉ

1906

AVERTISSEMENT

La première édition de l'Emigré n'a été tirée qu'à cent exemplaires pour l'auteur et ses amis. Cette plaquette est devenue rarissime, et nous n'en connaissons que deux ou trois exemplaires; celui qui a servi pour cette réimpression provient de la bibliothèque du pasteur Chaillet et appartient à M. Philippe Godet; il porte, de la main de Mme de Charrière, quelques corrections dont on a tenu compte.

Nous avons cru devoir, pour faciliter la lecture, rajeunir l'orthographe.

Cette charmante petite comédie va être portée à la scène. Un groupe de personnes, estimant que notre pays peut à bon droit revendiquer une part de la gloire littéraire de Mme de Charrière, ont entrepris de célébrer le centenaire de la mort de l'auteur des Lettres neuchâteloises par une soirée littéraire et musicale, qui aura lieu le 15 courant, au Théâtre de Neuchâtel, sous les auspices de la Société des Anciens-Bellettriens.

Cette soirée se terminera par l'Emigré, que des amateurs interpréteront.

Il a paru tout naturel de faire à cette occasion une réédition de la pièce. Espérons qu'elle trouvera bon accueil auprès des nombreux admirateurs de l'œuvre de Mme de Charrière.

LES ÉDITEURS

Janvier 1906.

ACTEURS

M. Jager.

Mme Vogel.

Julie, fille de M. Jager.

M. de Vieuxmanoir.

La marquise de Valcourt.

La comtesse de Murville.

Le chevalier d'Estourdillac.

Le ministre de la République française.

Un domestique.

La scène est en Suisse, dans une maison de campagne, vers la fin de novembre 1793.

L'ÉMIGRÉ

COMÉDIE

ACTE PREMIER

SCÈNE PREMIÈRE

M. JAGER, Mme VOGEL

M. JAGER

Pourquoi, ma sœur, cette grande toilette, et l'air de fête que vous donnez à notre maison ?

Mme VOGEL

Il ne me paraît pas impossible que M. le citoyen ministre de la République française ne vienne nous voir aujourd'hui, et il n'est point d'accueil si flatteur, si distingué, que je ne voulusse lui faire.

M. JAGER

Fort bien. Je suis tout aussi disposé que vous à le bien recevoir ; mais d'où vient tant de flagorneries et d'empressements de la part d'une femme naguère si aristocrate, et qui traitait de Jacobins, et moi, et tout ce qui ne maudissait point la révolution ?

Mme VOGEL

On s'instruit par l'expérience.

M. JAGER

La peur est un grand maître.

Mme VOGEL

Mon Dieu ! de qui aurais-je peur, depuis tant d'assurances flatteuses à l'occasion de notre neutralité ?

M. JAGER

Soyons neutres, ma sœur, comme nos souverains, et n'adulons personne. Depuis quelques jours je vous vois recevoir bien froidement notre jeune voisin, cet intéressant émigré, que vous avez d'abord trop accueilli. Son nom seul et son titre d'autrefois étaient alors auprès de vous des recommandations suffisantes. Votre prévention était aveugle et extrême : je vous l'ai dit mille fois, et j'en ai redouté plus d'un inconvénient ; mais le mérite du jeune homme vous a justifiée, et chacun a fini par le regarder des mêmes yeux que vous.

Mᵐᵉ VOGEL

Oh ! tout au moins.

M. JAGER

Que voulez-vous dire ?

Mᵐᵉ VOGEL

Je m'entends.

M. JAGER

Je voudrais vous entendre.

Mᵐᵉ VOGEL

Vous m'entendez de reste.

M. JAGER

Non.

Mᵐᵉ VOGEL

Quoi ! vous seriez aveugle à ce point, et ne verriez pas que votre fille raffole de ce joli monsieur ?

M. JAGER

Je ne vois pas tout à fait cela ; mais quand ce que je craignais serait arrivé, quand ma fille aimerait M. de Vieuxmanoir, en est-il plus coupable, et devez-vous lui en témoigner moins d'égards ?

Mme VOGEL.

Oh ! vous me désolez avec ces sortes de raisonnements. Il est bien question dans la vie de comparer sans cesse le présent avec le passé, de rechercher toujours le droit et le tort ! A vous en croire, la vie ne serait que comme un gros écheveau qu'il faudrait dévider jusqu'au bout sans jamais casser le fil. A qui voyez-vous suivre cet ennuyeux et fâcheux système ?

M. JAGER

Ce n'est du moins pas à vous.

Mme VOGEL

Non, sans doute, et j'en serais bien fâchée. M. de Vieuxmanoir est venu demeurer tout auprès de nous dans une saison morte. Nous avions besoin alors de société ; je n'avais personne pour faire ma partie de trictrac ; ma nièce négligeait son piano-forte...

M. JAGER

N'oubliez pas de dire que la Prusse, l'Autriche, l'Angleterre se préparaient à entrer en campagne avec des forces redoutables.

Mme VOGEL

Eh oui ! l'Espagne et la Hollande aussi, si vous voulez. Q'importe cela ? qu'importe l'ouverture de la campagne, aujourd'hui qu'elle est presque finie, et que les émigrés sont plus loin que jamais de rentrer dans leurs biens ? Voulez-vous que je m'oppose à toute la terre, au sort, au Ciel même qui se déclare contre eux ?

M. JAGER

Je veux que vous tempériez sa rigueur.

Mme VOGEL

J'aurais trop à faire. Tant de gens éprouvent les mêmes pertes, les mêmes humiliations !

M. JAGER

M. de Vieuxmanoir n'a pas mérité son malheur.

Mme VOGEL

On peut en dire autant de mille autres.

M. JAGER

Vous n'avez pas promis à ces mille autres d'adoucir leur sort.

Mme VOGEL

Je n'ai rien promis à M. de Vieuxmanoir.

M. JAGER

Chacun de vos bons procédés était une promesse, et vous êtes obligée de les continuer tant qu'il les méritera.

Mme VOGEL

Vous plaisantez.

M. JAGER

Si peu, que j'exige de vous toutes sortes d'égards pour lui.

Mme VOGEL

Voulez-vous qu'il enlève votre fille ?

M. JAGER

Il ne l'enlèvera pas.

Mme VOGEL

Qu'en savez-vous ? C'est la récréation de ces messieurs.

M. JAGER

S'il me la demande, et qu'elle veuille l'épouser, je les marierai ensemble.

Mme VOGEL

Eh mon Dieu ! que dites-vous là ?

M. Jager

Une chose toute simple et toute sage.
Je préférerais pour ma fille un homme de
mon pays, et voilà précisément pourquoi
je n'étais pas d'avis d'attirer chez nous un
émigré français : mais vous n'avez tenu
compte de mes craintes ; et aujourd'hui, si
le mal est fait, je n'irai pas l'aggraver par
une conduite dure et injuste ; je le réparerai
en y cédant, et peut-être ne l'appellerai-je
pas longtemps un mal. Qu'importe après
tout d'un Suisse ou d'un Français, si l'on
est un honnête homme et un bon mari ?

Mme Vogel

Un bon mari ! C'est bien de quoi ces
messieurs se piquent !

M. Jager

Ils ne sont plus ce qu'ils étaient.

Mme Vogel

Et voilà le mal. Si j'avais vu Julie briller
à Paris, à la cour, dans un rang distingué ;
si au sortir de l'opéra j'avais entendu dire
à mes côtés : c'est Mme de Loiseau, tante de
Mme la marquise de Vieuxmanoir, je me

serais consolée des petits chagrins de ma nièce ; je lui aurais dit : supportez les dépenses folles de votre mari, son jeu, ses maîtresses, en femme de qualité ; mais vivre avec un jadis seigneur français dans une ferme suisse, s'exposer à souffrir de tous les ridicules de cette nation frivole, sans jouir de rien de ce qu'elle avait d'agréable et de brillant, ce serait d'une folie, d'une folie.... Mais n'ai-je pas parlé trop haut ? *(Elle va voir si les portes sont bien fermées.)* Mon Dieu ! je ne voudrais pas qu'on nous soupçonnât d'avoir pu songer à un pareil mariage. Nos amis les républicains ont, dit-on, l'oreille partout, et j'ai une peur effroyable...

M. JAGER

Votre vanité me faisait rire, votre poltronnerie me fait pitié.

Mme VOGEL

Oh ! je ne me soucie pas que la Convention s'occupe de moi ; *(Elle ouvre les portes.)* et je vous déclare ici bien haut, mon frère, que si ma nièce épousait un *ci-devant*, elle n'aurait pas un sou de ma fortune.

M. JAGER

A la bonne heure.

Mme VOGEL

Au lieu que, si vous la mariez à un citoyen bien civique, j'ajouterai à la dot que vous lui donnerez, mille louis... je veux dire mille pièces d'or valant 24 livres.

M. JAGER

Je vous remercie pour ma fille. Mais voici M. de Vieuxmanoir. Songez à ce que je vous ai dit; et si vous ne voulez vous brouiller avec moi, recevez-le avec politesse.

SCÈNE II

M. DE VIEUXMANOIR, les Acteurs précédents.

M. DE VIEUXMANOIR

VOICI, Madame, quelques violettes échappées, je ne sais comment, à la rigueur d'une nuit très froide. Elles ont même encore du parfum. Je les ai cueillies pour vous : daignez les accepter.

2

M. Jager

Vous venez de vous promener ?

M. de Vieuxmanoir

Oui, Monsieur, j'ai couru assez loin pour
me réchauffer. J'étais sur le point de mettre
le feu à quelques fagots que j'avais arrangés
hier ; mais, au moment où je battais le bri-
quet, j'ai pensé qu'il serait plus sain, comme
plus économe, d'aller chercher la chaleur
hors de chez moi. J'en ai été bien payé : à
une lieue, sur la hauteur, j'ai trouvé un
beau ciel sans nuages, et près d'ici, en reve-
nant, j'ai aperçu ces jolies fleurs, que j'ai
eu un vrai plaisir à apporter à Madame.

M. Jager

Quand vous voudrez, Monsieur, n'allez
pas si loin, venez vous chauffer auprès de
mon feu.

M. de Vieuxmanoir

Vous êtes bien bon.

Mme Vogel

Courir est plus sain.

M. Jager

Je pensais à moi plus qu'à Monsieur.

M. DE VIEUXMANOIR

Voici votre livre que je vous rapporte, en vous remerciant mille fois. Mais que vois-je ! une tache.

Mme VOGEL

Je ne sais pourquoi l'on prête des livres.

M. JAGER

Bon ! ce n'est rien du tout.

Mme VOGEL

Voyons. Une grosse goutte d'eau a effacé cinq ou six mots, et rend la phrase inintelligible.

M. DE VIEUXMANOIR

De l'eau !... C'est donc une larme. J'en ai versé plus d'une. Pardon, si je n'ai pas mieux garanti des effets de ma faiblesse le livre qui m'était confié.

M. JAGER, *l'embrassant*

Je l'en aimerai mieux, Monsieur. Mais changeons de discours, si vous ne voulez pas que je pleure aussi. Avez-vous fait le dessin que ma fille vous avait demandé ?

M. DE VIEUXMANOIR

Oui, Monsieur, le voici, et il me tarde de savoir s'il répond aux intentions de Mlle Julie. Me serait-il permis de l'aller appeller.

Mme VOGEL

Monsieur...

M. DE VIEUXMANOIR

Je me tiendrai sous sa fenêtre; elle m'entendra d'abord.

Mme VOGEL

Je n'en doute pas; mais...

M. JAGER

Allons, Monsieur, dans sa chambre; venez avec moi chercher ma fille.

SCÈNE III

JULIE, les Acteurs précédents.

JULIE

Vous n'aurez pas, cher papa, fort loin à aller. Bonjour, Monsieur. Ma tante, je vous salue. Ne me donnerez-vous pas deux ou trois de vos violettes ? Parie que mon voisin les a apportées. Il voit tout. La modeste violette se cache en vain sous ses feuilles ; ses yeux la découvrent... Pauvre violette !

M. DE VIEUXMANOIR

Une autre fois je la laisserai sur sa tige, Mademoiselle ; je ne m'attendais pas à cette pitié...

JULIE

C'est pour rire, mon voisin. Il est très vrai que vous voyez tout ; mais je suis bien éloignée d'y trouver à redire. Auriez-vous fait attention à moi, auriez-vous remarqué, encouragé mes très faibles talents, si vous n'aviez pas cette obligeante clairvoyance ? Mais trève d'éloges et de modestie. Vous m'apportez sans doute le dessin que j'ai demandé ?

(M. *de Vieuxmanoir déroule un papier et le montre à la fois à la tante et à la nièce.*)

Mme VOGEL

C'est assez bien.

JULIE

C'est charmant.

SCÈNE IV

UN LAQUAIS, les Acteurs précédents.

LE LAQUAIS

Le ministre de la République française.
*(Mme Vogel laisse tomber le dessin qu'elle
tenait, et en se levant renverse la table
près de laquelle elle travaillait.)*

M. DE VIEUXMANOIR

M'en irai-je ?

JULIE

Je me flatte que non.

Mme VOGEL

Je pense que oui.

M. JAGER

Je ne le veux pas. Restez.

SCÈNE V

LE MINISTRE, M. JAGER, Mme VOGEL, JULIE,
M. DE VIEUXMANOIR.

LE MINISTRE

AYANT encore un jour à passer dans ce canton, j'ai voulu en profiter et avoir l'honneur de vous voir.

Mme VOGEL

Quoi ! vous songez déjà, Monsieur, à vous éloigner de nous ?

LE MINISTRE

Mes affaires me rappellent ailleurs... Passerez-vous l'hiver à la campagne, Madame ?

Mme VOGEL

Oui, Monsieur... citoyen, veux-je dire. J'aime à la folie ce nom de *citoyen,* et je ne sais pourquoi je ne puis m'y accoutumer. Cela est si simple, si naturel ; cela devrait venir à la bouche tout d'abord, et je ne comprends pas que les enfants, sur les bras de leurs nourrices, ne balbutient pas déjà *citoyen, citoyenne.*

— 24 —

LE MINISTRE, *souriant*

Cela viendra.

Mᵐᵉ VOGEL

Oui ; et au lieu de Peau d'âne on leur contera les Droits de l'homme ; alors vraiment le monde sera régénéré.

(*On apporte du chocolat, du vin d'Espagne, des pâtisseries.*)

LE MINISTRE, *regardant le cabaret de Mahogueni*

Voilà un meuble charmant.

Mᵐᵉ VOGEL

Il vient pourtant de l'odieuse Angleterre. Mais prenez donc, citoyen.

LE MINISTRE

Je vous rends grâces ; je ne déjeûne pas deux fois, et j'ai pris quelque chose ce matin de bonne heure, voulant aller au-devant des nouvelles que j'attendais.

Mᵐᵉ VOGEL, *au Laquais*

Qu'on ne nous fasse pas dîner bien tard. (*Au Ministre*) Sont-elles bonnes les nouvelles ?

Le Ministre

Je ne les ai pas encore. Des affaires pressantes sont survenues, qui m'ont empêché de sortir, et mon messager n'est pas revenu.

M. de Vieuxmanoir

J'ai reçu une lettre des bords du Rhin. Les Français ont eu quelque avantage dans une action où ils se sont battus avec une extrême bravoure.

Le Ministre

Ah ! c'est ainsi que se battront toujours les soldats de la liberté.

M. de Vieuxmanoir

C'est ainsi que se sont toujours battus mes compatriotes.

(Julie se lève et parle bas à son père.)

M. Jager

Oui, allez.

(Julie fait signe à M. de Vieuxmanoir, qui prend un rouleau de musique sur la table et sort avec elle du salon.)

Le Ministre

Ce beau jeune homme, dont la physionomie est si douce et si honnête, est sans doute un Français ? Il a dit : « Mes compatriotes. »

Mᵐᵉ VOGEL

Oui, c'est un Français.

LE MINISTRE

D'où vient que je ne le connais pas ? Il a rendu justice à l'armée républicaine ; il est démocrate sans doute.

M. JAGER

Monsieur, il est émigré.

LE MINISTRE

Emigré ! C'est dommage. Son nom ?

M. JAGER

Vieuxmanoir.

LE MINISTRE

Je serai juste à mon tour, et je vous dirai qu'avant la révolution ses parents, que j'ai beaucoup connus, étaient les plus honnêtes gens du monde.

M. JAGER

Son père est mort ; et dès qu'il s'est vu son propre maître, il a refusé de servir plus longtemps sous des drapeaux étrangers contre sa patrie. Cependant sa mère est renfermée.

Le Ministre

Quoi, Mme de Vieuxmanoir !... Mais c'est tout simple. Nous sommes en butte à tant d'intrigues ! Le peuple souverain est juste, et ses représentants sont sages et prudents.

M. Jager

Si vous pouviez obtenir la liberté d'une femme estimable...

Le Ministre

Le peuple est mon maître...

M. Jager

On sollicite quelquefois son maître, et l'on obtient de lui quelque adoucissement aux peines des malheureux.

Le Ministre

Mais cette mère est sans doute coupable ; elle envoie sans doute des secours à son fils proscrit par la loi.

M. Jager

A peine a-t-il de quoi subsister.

Le Ministre

C'est trop pour un proscrit.

M. JAGER

Quoi, aux yeux d'une mère !

LE MINISTRE, *en se levant*

Monsieur, quand la loi parle, je ne me permets aucun examen, aucun raisonnement.

M. JAGER

Monsieur, je vous admire. Notre aristocratie n'en demande pas tant de nous. Il nous est permis d'apprécier la conduite de nos souverains, et nous oserions les solliciter en faveur de ceux que nous verrions opprimés injustement.

LE MINISTRE, *d'un ton plus doux*

Tenez, Monsieur, je ne suis pas moins sensible qu'un autre aux malheurs d'autrui, et je ferais comme vous si j'étais à votre place ; mais je suis l'agent d'un gouvernement nouveau, attaqué de toute part, soupçonneux par conséquent, et autorisé à l'être.

Mme VOGEL

Rien n'est si vrai.

M. JAGER

Je suis forcé d'en convenir.

LE MINISTRE

Voudriez-vous que je m'exposasse à perdre la confiance de la République française par des sollicitations que je saurais d'avance ne pouvoir être écoutées. - -

Mme VOGEL

A Dieu ne plaise !

M. JAGER

J'en serais très fâché.

LE MINISTRE

Mon devoir, mon bonheur, est d'entretenir entre nos deux patries une bonne amitié, précieuse à toutes deux.

Mme VOGEL

Faites-y tous vos efforts.

M. JAGER

Personne n'est plus propre que vous à y réussir.

LE MINISTRE

Voyez combien la défiance est grande partout, et comme les rois sont sourds aux sollicitations, dès que la moindre crainte politique plaide contre elles.

Mme VOGEL.

Oh, la crainte ! je la connais. Rien n'est si éloquent que la crainte ; et dès qu'elle parle, tout en moi se tait ; et ceux qui me parlent contre elle parlent à une statue.

M. JAGER, *à Mme Vogel*

Une statue ne tremble pas.

SCÈNE VI

JULIE, les Acteurs précédents.

JULIE

On a servi, ma tante.

Mme VOGEL

Passons, Monsieur, dans la salle à manger.

LE MINISTRE

Il m'est impossible, Madame, d'avoir l'honneur de dîner avec vous. Il faut que j'aille lire mes lettres.

Mme VOGEL

Ne serait-ce point, Monsieur, la répugnance que vous auriez à dîner avec...

Le Ministre

C'est ce que j'ai l'honneur de vous dire, Madame ; ce sont les lettres que j'attends, qui m'obligent à vous quitter.

Julie, *tristement*

Je ne pense pas qu'on fuie M. de Vieuxmanoir ; mais en tout cas il n'est pas ici. Il ne dîne pas avec nous ; je n'ai pu l'obliger à rester.

Le Ministre

Si c'est moi, ma belle demoiselle, qui suis cause de cela, pourrez-vous me pardonner ? Vous ne répondez rien ? Je tâcherai de revenir dans la journée, et je solliciterai mon pardon jusqu'à ce que je l'obtienne.

(Il sort.)

Mme Vogel, *à son frère en sortant*

Que vous l'avez maladroitement entretenu ! Ces Vieuxmanoirs ! et toujours ces Vieuxmanoirs !

M. Jager

Vous l'avez entendu : ce sont les plus honnêtes gens du monde.

Fin du premier acte.

ACTE II

SCÈNE PREMIÈRE

La Marquise DE VALCOURT, la Comtesse
DE MURVILLE, un LAQUAIS.

LE LAQUAIS, *à la Marquise*

MES maîtres sont encore à table, Madame;
mais ils ne tarderont pas à venir vous recevoir. (*Il sort.*)

LA MARQUISE, *à sa nièce*

Mais vraiment, ceci n'est pas trop mal
arrangé, et depuis que je suis hors de
France, je n'ai rien vu de plus passable que
cette maison.

LA COMTESSE

J'en ai vu de plus belles; mais ce sont
ces petits meubles de Paris qui vous cap-
tivent.

LA MARQUISE

Vraiment, avec ce sopha et cette chiffon-
nière, on pourrait supporter son exil.

LA COMTESSE

Ce sont là de belles ressources contre le malheur et l'ennui !

LA MARQUISE, *s'étendant sur le sopha*

Je me crois presque dans mon joli cabinet de Passy, et je prends singulièrement bonne opinion des maîtres de cette maison. Ils ont certainement du goût, et ne ressemblent en rien à ces Hottentots d'Allemands, avec lesquels il m'a fallu vivre.

LA COMTESSE

Je pense que les plus sensés de ces prétendus Hottentots paient notre mépris par un mépris égal.

LA MARQUISE

Encore s'ils nous avaient ramenés chez nous avant l'hiver, je leur pardonnerais d'être ce qu'ils sont !

LA COMTESSE

Je connais de leurs chefs qui n'ont assurément manqué, ni d'habileté ni de courage ; et certains succès l'ont bien prouvé.

LA MARQUISE

Mon Dieu ! que vous devenez raisonneuse ! Sommes-nous chez nous, je vous le demande ?

LA COMTESSE

Non, assurément.

LA MARQUISE

Eh bien ! c'est tout ce dont je m'embarrasse.

LA COMTESSE

Il n'est pas trop raisonnable de ne juger que sur l'événement.

LA MARQUISE

Il est ennuyeux à mourir d'entendre des raisonnements qui ne finissent point, et je vous avertis que je ne vous écoute plus. (*Elle se lève.*) Je voudrais savoir si les gens du logis viendront bientôt ; car s'ils devaient tarder, j'irais faire un tour dans les jardins. Savez-vous bien que cette campagne, ou terre, ou domaine, doit être d'un grand rapport ? Le terrain en est excellent, la végétation est superbe.

La Comtesse

A quoi voyez-vous cela, lorsqu'il n'y a plus dans les prés que de l'herbe sèche, et qu'un feuillage jauni est tout ce qui reste aux arbres ?

La Marquise

A quoi je le vois ? A tout, à la couleur de la terre, à la crûe des arbres ; et cette eau que j'ai vue conduite partout avec tant d'art et de soin, croyez-vous que j'ignore combien elle fertilise la campagne ?

La Comtesse

Vous me donnez, ma chère tante, un grand respect pour vous. Je pensais que vous n'étiez au fait que de ce qui se faisait à Paris et à Versailles.

La Marquise

Vous ne m'avez pas vue dans les terres de mes deux maris, à la tête d'un rural immense, et menant de front deux procès.

La Comtesse

Non, et j'ignorais une grande partie de vos talents.

LA MARQUISE

Avec quoi, s'il vous plaît, aurais-je soutenu ma brillante dépense, si je n'eusse tiré de mes terres tout ce qu'on en peut tirer ? Enfin, je vous dis que ceci est beau et joli, et de rapport... Mais ces Suisses passent donc leur vie à table !

SCÈNE II

Les Acteurs précédents, Mme VOGEL.

(Mme Vogel salue les deux dames avec dignité et froideur.)

LA MARQUISE

Venez, Madame, jouir de mon admiration ; oui, venez voir une Française faite pour être assez difficile sur toutes sortes d'objets, venez la voir à genoux devant tout ce qui vous appartient.

Mme VOGEL

Madame, vous me flattez.

LA MARQUISE

Oh ! point... Ce salon, ces meubles sont comme je les aurais choisis et arrangés.

Mme VOGEL, *ironiquement*

C'est tout dire.

LA MARQUISE

Et puis ces jardins, cette vue roman-
tique... Savez-vous que cela serait joli
même aux environs de Paris ? .

Mme VOGEL, *ironiquement*

Mon Dieu, quel éloge !

LA MARQUISE

Je me suis laissé conduire par une
superbe avenue, ne sachant pas où elle me
mènerait ; et quand j'ai vu que c'était à une
maison élégamment bâtie, je suis entrée sans
demander le nom de ses maîtres. D'après
tout ce que je voyais, je savais bien à quoi
m'en tenir sur leur compte... Vous riez ?
Nous autres Français, nous jugeons plus
vite et nous trompons moins que les autres.
C'est je ne sais quel tact, un don de l'obligeante nature... Nous en parlerons une
autre fois. Veuillez pour l'heure me satis-
faire sur l'objet qui m'amène dans ce pays.

Mme VOGEL

Supposé que je puisse.

La Marquise

Sûrement vous pourrez me dire si le marquis de Vieuxmanoir habite, comme je le crois, le village le plus voisin d'ici.

Mme Vogel

Madame, il ne demeure qu'à cent pas de la grille par laquelle vous êtes entrée.

La Marquise

J'ai à lui parler, et il serait infiniment plus décent et plus agréable de le voir chez vous que chez lui. Pourriez-vous l'envoyer chercher ?

Mme Vogel

Cela est facile, mais...

SCÈNE III

Les Acteurs précédents, M. JAGER, JULIE.

Mme Vogel, *à M. Jager*

MADAME voudrait parler à M. de Vieuxmanoir...

La Marquise

Et lui parler ici, si cela était possible.

M. Jager

Ma fille, envoyez chercher M. de Vieuxmanoir. (*Julie sort.*)

La Marquise

Entre nous, je vous dirai que je viens
l'arracher à de ridicules amours. Il est épris,
à ce que m'a écrit son ami intime, d'une
petite fille, assez jolie pour ce pays, mais
sans éclat, sans nom ; c'est-à-dire, qu'elle
porte un nom ridicule. (*A sa nièce qui la tire
par la manche et lui fait des signes.*) Mais que
me voulez-vous donc avec toutes ces mines ?
Je sais bien ce que je dis. Un nom...

(*Julie rentre et salue la Marquise.*)

La Comtesse

Ma tante, vous ne voyez pas que Mademoiselle vous salue !

La Marquise

Un nom qu'on ne peut prononcer. Mademoiselle Ja... Ja... Mon Dieu ! cela écorche
le gosier. Vous voyez bien que cela ne saurait convenir à M. de Vieuxmanoir, et je me
suis déterminée à hâter son mariage avec

ma fille, pour l'empêcher de faire une sottise dont il se repentirait toute sa vie.

(*Julie regarde la Comtesse.*)

La Comtesse

Madame est ma tante, Mademoiselle ; je
ne suis pas cette fille dont on parle, et j'en
suis fort aise : ma cousine n'a pas beau jeu
dans ce moment.

La Marquise

Mon Dieu, que dites-vous ! Je vous trouve
bien étrange. Dans ce moment ma fille
n'aurait pas beau jeu ! Quoi, parce que nos
biens sont séquestrés ou vendus ! La belle
chose que cela ! Mon Dieu ! ne l'écoutez
pas : ma nièce ne sait ce qu'elle dit. Vous,
Monsieur, qui devez savoir ces sortes d'affaires, voyez à quel point M. de Vieuxmanoir convient à ma fille, et combien ma fille
doit lui convenir. (*Avec sa canne elle dessine
sur le parquet.*) Voilà l'une des terres, voici
l'autre. L'une a un moulin banal ; les eaux
qui doivent le faire aller coulent sur l'autre.
Tout cela est enclavé, dominé l'un par
l'autre ; et vous voyez bien que, pour finir

et prévenir mille difficultés, mille procès, il faut unir les deux propriétaires l'un avec l'autre.

M. Jager

Mais, Madame...

La Marquise

La chasse...

M. Jager

Madame...

La Marquise

La pêche...

M. Jager

Vous parlez de ce qui était...

La Marquise

De toute éternité, et qui sera jusqu'à la fin du monde. Mais sans doute vous n'avez pas bien saisi les localités. Donnez-moi un crayon; voici du papier. (*Elle prend le dessin de M. de Vieuxmanoir.*)

Julie, *vivement*

Madame, de grâce... Voici une autre feuille.

LA MARQUISE

Ceci est plus grand ; on verra mieux.

JULIE

N'importe... Je ne veux pas.

LA MARQUISE

Qu'a donc ce papier de si précieux ? Ah, un dessin ! *Vieuxmanoir de....li....ne....a....* Quelle sottise est cela, et où suis-je !

LA COMTESSE

Etait-il bien difficile de reconnaître en Mademoiselle celle qui a captivé M. de Vieuxmanoir ?

M. JAGER

Que tout ceci, Madame, ne vous donne pas la moindre inquiétude. M. de Vieuxmanoir va venir, et vous lui direz, soit tête à tête, soit devant nous, tout ce que vous voudrez lui dire.

SCÈNE IV

Les Acteurs précédents. M. DE VIEUXMANOIR.

*(La Comtesse prend Julie par la main, et
toutes deux s'asseyent à l'écart. M. Jager
va au-devant de M. de Vieuxmanoir et le
mène auprès de la Marquise. Mme Vogel
se remet à son ouvrage, et son frère se
place à côté d'elle.)*

M. DE VIEUXMANOIR

Quoi, Mme de Valcourt! Eh, mon Dieu!
Madame, qu'est-ce qui vous amène dans ce
lieu ? Je vous croyais bien loin en Alle-
magne.

LA MARQUISE

Pas si loin qu'on n'y soit informé de ce
que vous faites ici.

M. DE VIEUXMANOIR

On est bien oisif quand on s'occupe de
si peu de chose, et je vous plains...

LA MARQUISE

C'est vous qui seriez à plaindre, si l'on
n'était pas instruit de vos liaisons et de vos

penchants, et qu'on vous laissât vous y livrer.

M. DE VIEUXMANOIR

Que voulez-vous dire ?

LA MARQUISE

Vous devez à M. d'Estourdillac de m'avoir instruite.

M. DE VIEUXMANOIR

Instruite ! De quoi ?

LA MARQUISE

Nous ne vous laisserons pas consommer une folie, et vous viendrez avec moi prendre ma fille au couvent où je l'ai mise, et célébrer le mariage conclu depuis longtemps.

M. DE VIEUXMANOIR

Projeté, voulez-vous dire.

LA MARQUISE

Ne disputons pas sur les mots, et préparez-vous à partir.

M. DE VIEUXMANOIR

Ce n'est pas disputer sur les mots que de nier tout engagement avec votre fille.

LA MARQUISE

Mon Dieu ! partons. Je ne veux pas devant
ces dames vous mettre au pied du mur.

M. DE VIEUXMANOIR

Dites tout ce qu'il vous plaira ; mais vous
ne me ferez pas partir d'ici.

LA MARQUISE

On peut m'objecter la pénurie momen-
tanée où nous sommes ; mais cela s'arran-
gera : j'ai des amis ; et au bout du compte,
séparés comme réunis, il faut vivre.

M. DE VIEUXMANOIR

Madame, permettez que je ne contracte
pas des liens éternels avec une jeune personne que je ne connais point du tout.

LA MARQUISE

Ma fille est née de moi, et c'est moi qui
l'ai élevée. Cela suffit, je pense.

M. DE VIEUXMANOIR

Non, cela ne suffit pas.

LA MARQUISE

Quel étrange propos, Monsieur !

M. DE VIEUXMANOIR

Cela aurait tout au plus suffi, lorsqu'un mari et une femme de notre sorte, entourés de mille brillants objets de distraction, pouvaient ne point vivre ensemble et n'avoir de commun que leur fortune et leur nom. Mais aujourd'hui ce sont des privations et des chagrins qu'il faut partager, et cela demande un grand rapport d'humeur et de caractère ; cela demande de la sympathie, cela demande... pour tout dire, de l'amour.

LA MARQUISE

Et cet amour, vous l'avez pour une inconnue ?

M. DE VIEUXMANOIR

Oh ! si tout ce que vous ignorez était inconnu...

LA MARQUISE

Et vous voulez épouser...

M. DE VIEUXMANOIR

Un malheureux proscrit, dépouillé de tout, ne pense point à épouser, n'oserait s'offrir à personne.

LA MARQUISE

Vous avez beau nier, et rougir, et regarder à droite et à gauche, le père, la fille ; vous aimez, vous épousez, je le sais.

M. DE VIEUXMANOIR

Vous ne pouvez le savoir.

LA MARQUISE

M. d'Estourdillac...

M. DE VIEUXMANOIR

Encore, Madame ! Et avez-vous peur que je n'oublie son procédé ?

SCÈNE V

M. D'ESTOURDILLAC, les Acteurs précédents.

M. D'ESTOURDILLAC, *à M. Jager*

Pardon, Monsieur, si j'entre ici sans façon : vos mœurs sont toutes françaises, et vous ne trouverez pas mauvais que je vienne chercher chez vous mes amis. (*A la Marquise.*) Quel bonheur, adorable femme, de vous posséder ici ! Sera-ce pour longtemps ?

Avez-vous avec vous votre charmante fille ?
Que fait la digne baronne de Brunnerberg ?
Mais, à propos, comment puis-je vous parler d'autre chose que de ma petite chanoinesse ?

LA MARQUISE

Voici une lettre qu'elle m'a donnée pour vous.

M. D'ESTOURDILLAC

Ah, vraiment, c'est excellent ! (*Il rit aux éclats.*) De tendres injures... Ah, ah, ah !
(*Il laisse tomber le papier.*) Elle m'appelle... ah, ah, ah ! elle m'appelle *parpare*. Je ne plaisante point ; voyez, les deux *p* y sont.
(*Il lui montre la lettre.*)

LA MARQUISE

Eh ! mais, que voulez-vous ? elle écrit notre langue comme elle peut.

M. D'ESTOURDILLAC

Que n'écrivait-elle dans la sienne ? Moi qui vous parle, Madame la Marquise, je sais l'allemand : *liebste Frau ;* je sais l'allemand : *der Teuffel !* je sais l'allemand.

LA MARQUISE

Mais comment écrire une lettre d'amour en allemand ? C'est bon pour demander à manger et à boire ; mais l'amour...

M. D'ESTOURDILLAC

Sans me vanter, Madame la Marquise, je puis vous assurer qu'on m'a fait l'amour en allemand, en espagnol, en portugais, en italien...

LA MARQUISE

Et vous avez compris ?...

M. D'ESTOURDILLAC

Si bien compris que j'ai toujours répondu, mais parfaitement répondu. (*Il continue de lire et fait lire la lettre à la Marquise.*)

LA COMTESSE, *qui pendant ce dialogue a parlé bas à M. de Vieuxmanoir*

En vérité, il n'en vaut pas la peine.

M. DE VIEUXMANOIR

Les gens de son espèce auraient trop beau jeu, et feraient trop de mal, si on ne les réprimait pas.

La Comtesse

Si vous m'en croyez, vous ne ferez point d'éclat.

M. d'Estourdillac, *en courant à elle*

Eh, mon Dieu ! qui vous savait ici, Madame la Comtesse ? Où donc vous teniez-vous cachée ?

SCÈNE VI

UN LAQUAIS, les Acteurs précédents.

Le Laquais

M. le Ministre de la République française est dans le jardin. Il n'a pas voulu entrer, et prie Monsieur de venir faire un tour de promenade avec lui. (*Mme Vogel sort avec son frère.*)

La Marquise

Quoi, je suis dans une maison où l'on reçoit le Ministre de la République ! Et c'est dans cette maison que vous avez choisi l'objet de votre amour ! Il ne vous manquait que cela. Sortons, ma nièce.

(*Julie suit la Comtesse, qui lui fait mille amitiés.*)

M. de Vieuxmanoir, *à M. d'Estourdillac*

Il est ici une autre porte, par laquelle je vous prie, Monsieur, de sortir avec moi.

M. d'Estourdillac

Volontiers.

SCÈNE VII

LA COMTESSE, JULIE
(rentrent et cherchent des yeux M. de Vieuxmanoir et M. d'Estourdillac).

JULIE

Ils doivent être sortis par là ; suivons-les.

La Comtesse

Notre intervention ne servirait à rien. Il faut avertir M. votre père.

Julie

Il est avec le Ministre de la République.

La Comtesse

N'importe. Ce Monsieur-là lui-même aiderait à séparer ces jeunes gens.

Julie

Allons vite. Je crois les avoir vus à la droite de l'avenue ; venez-y avec moi.

La Comtesse

Je le voudrais ; je voudrais ne pas vous quitter : mais ma tante !

(Elles sortent.)

Fin du second Acte.

ACTE III

SCÈNE PREMIÈRE

LE MINISTRE, M. D'ESTOURDILLAC
le bras droit en écharpe dans un mouchoir.

Le Ministre

Asseyez-vous ici. *(Il le mène à un fauteuil.)* Vous n'avez pas laissé de perdre assez de sang, et je vous conseille de vous tenir tranquille. *(Il prend une gazette et il lit.)*

M. d'Estourdillac

J'ai, Monsieur, mille grâces à vous rendre.
Vous m'avez sauvé de mon bouillant empor-
tement.

Le Ministre

Comment cela ? Vous étiez blessé et hors
de combat quand j'ai couru à vous.

M. d'Estourdillac

Oui, j'étais blessé au bras droit ; mais
sans vous j'aurais repris mon épée de la
main gauche, et je me bats beaucoup mieux
de la main gauche que de la droite. Voyez.
(*Il pousse quelques bottes de la main gauche avec
une canne, et retombe dans le fauteuil.*)

Le Ministre

Mon Dieu ! tenez-vous tranquille.

M. d'Estourdillac

Je ne dis pas pour cela que je n'eusse pu
être tué. Jamais encore je n'ai été tué ; mais
qu'est-ce que cela prouve ?

Le Ministre, *riant*

Rien, assurément.

M. d'Estourdillac

Rien ; je le dis comme vous, rien. Ces jactances qu'on appelle, je ne sais pourquoi, des gasconnades, me paraissent tout à fait indignes d'un homme de sens et de cœur, d'un homme tel que je prétends être.

Le Ministre, *riant*

Elles sont en effet passablement ridicules.

M. d'Estourdillac

Voulez-vous savoir, Monsieur, de quelle illustre famille vous avez obligé le précieux rejeton, la douce et chère espérance ?

Le Ministre

Non, Monsieur. Ce sera m'obliger à votre tour que de me le laisser ignorer. J'ai voulu séparer deux jeunes gens qui se jouaient fort mal à propos de leur vie ; mais étant arrivé trop tard pour sauver à l'un des deux une blessure, je l'ai secouru de mon mieux. Pour faire ces choses-là, il ne m'importe qu'on soit né turc ou chrétien, prince ou mendiant, sur les bords du Gange ou de la Garonne.

M. d'Estourdillac

Voilà qui est très humain et très philosophe ; mais cependant permettez que je vous promette l'éternelle et active reconnaissance de tous les Estourdillacs passés, présents et futurs.

SCÈNE II

Les Acteurs précédents, M. DE VIEUXMANOIR, JULIE.

M. de Vieuxmanoir

Le chirurgien va être ici dans un instant.

M. d'Estourdillac

Je ne pense pas avoir besoin de lui, et tu t'es donné une peine obligeante, mais superflue.

M. de Vieuxmanoir

Ta blessure ne saurait être ni difficile, ni longue à guérir ; cependant je te supplie de te prêter à nos soins.

M. d'Estourdillac

Je ferai tout ce que voudra un si noble adversaire.

M. DE VIEUXMANOIR

Ce nom ne me convient plus. Dis un ami, et permets que je t'embrasse. (*Ils s'embrassent.*) Je n'ai pas plus tôt vu couler ton sang, que j'ai maudit mon ressentiment.

M. D'ESTOURDILLAC

« Des chevaliers français tel est le carac-
« tère. »

SCÈNE III

Les Acteurs précédents, M. JAGER.

M. JAGER, *à M. d'Estourdillac*

Venez, Monsieur, dans la chambre voisine. Le chirurgien vous y attend, et ma sœur lui donnera tout ce dont on pourra avoir besoin.

LE MINISTRE

Je vous quitte pour quelques instants, mais je reviendrai voir comment se porte le blessé ; et supposé que la ci-devant Marquise de Valcourt s'en soit allée tout de bon, je vous prierai de permettre que je soupe avec vous.

M. JAGER

Vous savez que vous serez reçu avec joie.
(*M. Jager suit le Ministre. D'Estourdillac,
avant de sortir, ramène auprès de Julie,
Vieuxmanoir, qui voulait le suivre.*)

M. D'ESTOURDILLAC

N'est-ce pas rendre le bien pour le mal ?
(*Il sort.*)

SCÈNE IV

JULIE, M. DE VIEUXMANOIR.

M. DE VIEUXMANOIR

Trouvez-vous mauvais que je reste ? Vous
avez l'air triste et soucieux ?

JULIE, *d'un air mécontent*

Est-il bien certain que sa blessure ne soit
pas sérieuse ?

M. DE VIEUXMANOIR

Très certain. J'étais déjà fâché de me battre
avec lui, lorsqu'à peine mon épée était hors
du fourreau ; et comme je la manie beaucoup mieux qu'il ne fait la sienne, j'ai pu,

sans beaucoup de péril pour moi-même, ne songer qu'à lui porter un coup qui le désarmât et ne lui fût point funeste.

JULIE

Puisque vous étiez fâché d'avoir tiré l'épée du fourreau, il n'y avait qu'à l'y remettre, sans l'ensanglanter auparavant.

M. DE VIEUXMANOIR

Cela n'était pas possible, après les reproches que je lui avais faits.

JULIE

Ils avaient donc été bien vifs ?

M. DE VIEUXMANOIR

Pas plus qu'ils ne devaient l'être. Dire que je vous aimais, à la bonne heure : ce n'était là qu'un indiscret bavardage ; car il vous avait entrevue, et il savait que j'avais le bonheur de vous voir souvent. Encore un coup, je lui pardonnerais, s'il n'eût écrit à la Marquise que ce qu'il ne pouvait guère ne pas deviner ; mais lui écrire que je vous épouse, comme si je lui eusse fait confidence d'un mariage dont je n'aurais osé seulement concevoir l'idée, cela ne pouvait se pardonner.

JULIE

Je n'y saurais voir rien de si criminel ni de si fâcheux.

M. DE VIEUXMANOIR

Quoi ! vous ne sentez pas ce que je devais souffrir en entendant Mme de Valcourt parler comme elle le faisait ? Qu'a dû penser M. votre père quand on lui a appris, d'une manière si impertinente, le mariage de sa fille unique avec un homme qui n'a rien, et qu'il ne reçoit chez lui que par humanité ?

JULIE

Il vous reçoit avec un grand plaisir.

M. DE VIEUXMANOIR

Il a bien voulu prendre quelque amitié pour moi ; mais que serait devenue cette amitié, si je me fusse laissé soupçonner de la fatuité la plus révoltante ? Concevoir l'espoir qu'on me prêtait, eût été d'un fou ; le dire, eût été d'un malhonnête homme. S'il m'en avait cru capable, j'aurais été déshonoré à ses yeux, et il m'eût interdit sa maison. Qui sait même si je n'en serai pas banni, par cela seul que j'ai donné lieu à d'impertinentes conjectures ! Oh, Julie ! de pareilles inquiétudes sont bien douloureuses, et mon chagrin contre d'Estourdillac n'était que trop juste.

JULIE

Non, il m'est impossible de le trouver si coupable.

M. DE VIEUXMANOIR

Comment donc ?

JULIE

Il ne tiendrait qu'à moi de le justifier.

M. DE VIEUXMANOIR

Essayez. de grâce. Ce sera une curieuse apologie.

JULIE

Elle vous confondra.

M. DE VIEUXMANOIR

Celui qui attire ici Mme de Valcourt par une nouvelle absurde et fausse, vous paraît excusable ?

JULIE

Il ne pensait pas qu'elle vint.

M. DE VIEUXMANOIR

Celui qui écrit que je vous épouse, et qui par là compromet et vous et vos parents, et m'expose à être chassé de cette maison, vous paraît excusable ?

JULIE

En supposant que vous m'aimiez, il m'a fait honneur ; et s'il a supposé que vous ne pouviez aimer sans vous faire aimer, devriez-vous lui en faire un crime ?

M. DE VIEUXMANOIR

Il aurait eu grand tort de supposer cela.

JULIE

Pourquoi ? On voit ses amis avec prévention.

M. DE VIEUXMANOIR

Encore si je vous eusse déclaré ma passion, et qu'il l'eût su : mais il ne le savait pas, puisque cela n'était point ; et il ne devait pas le croire, puisque cela ne devait

pas être. Je n'ai plus ni patrie ni patrimoine ;
je n'ai pas dû, je ne dois pas m'offrir à vous.

JULIE

Vous ne deviez pas vous battre.

SCÈNE V

Les Acteurs précédents, M. D'ESTOURDILLAC.

M. DE VIEUXMANOIR, *à M. d'Estourdillac*

Venez, chevalier, entendre votre panégy-
rique : Mademoiselle me gronde et prend
votre parti contre moi.

M. D'ESTOURDILLAC, *bas à
M. de Vieuxmanoir*

Maladroit ! est-ce ainsi que tu lui laisses
perdre les moments que je vous ai ménagés !
(*Haut à Julie.*) Grondez, Mademoiselle,
grondez : il le mérite. Grâce à moi, tout le
monde est instruit d'un timide amour qui
eût été encore un demi-siècle à se déclarer ;
grâce à moi, des parents sont avertis de
marier le plus tôt possible des gens qui
brûlent à l'envi l'un de l'autre. Pour tant

de bienfaits, l'ingrat m'accable de reproches et teint de mon sang un fer homicide.

M. DE VIEUXMANOIR

Sais-tu bien que tu me désoles ?

M. D'ESTOURDILLAC

Ah ça ! j'ai fait du pathos du plus beau qui se fasse ; mais parlons raison. Mademoiselle, il a bien fait de se battre ; il a montré un grand courage en se mesurant avec un Estourdillac ; et loin qu'il m'ait tué, je respire, je parle, je conterai sa vaillance à tout l'univers.

JULIE

Je n'aime pas qu'on se batte pour si peu de chose, et je crains que mon père ne l'aime encore moins que moi.

M. D'ESTOURDILLAC

Vous craignez que cela ne nuise à l'union dont j'ai donné l'heureuse idée.

JULIE

J'avoue que je serais au désespoir de voir perdre à M. de Vieuxmanoir l'estime de mes parents.

M. D'ESTOURDILLAC

J'entends à merveille cette phrase cir-
conspecte.

JULIE

Quant à l'union dont vous parlez, je
doute fort que Monsieur la désire.

M. D'ESTOURDILLAC

Allons, saute, Marquis ; tes affaires sont
en bon train. La modeste Julie craint que
tu ne veuilles pas d'elle ; rassure-la, je t'en
prie : ne la laisse pas mourir faute d'un
peu d'espoir, et moi je vais parler à son
père. Un blessé a je ne sais quoi de per-
suasif, et ce bras en écharpe est une fleur
de rhétorique.   (*Il sort.*)

SCÈNE VI

M. DE VIEUXMANOIR, JULIE.

M. DE VIEUXMANOIR

Quel extravagant !

JULIE

Désavoueriez-vous ses soins ? En ce cas,
je vais le rappeler.

M. DE VIEUXMANOIR, *la retenant*

Si je croyais....

JULIE

Il ne faut pas attendre à me refuser, que mon père m'ait offerte à vous.

M. DE VIEUXMANOIR

A moi ! à un proscrit ! à un malheureux fugitif ! Quelle idée !

JULIE

A force de délicatesse, vous me feriez douter de tout ce que vos actions avaient paru me dire depuis plus de six mois.

M. DE VIEUXMANOIR

Elles ne vous ont dit que la moitié de ce que je sentais.

JULIE

A mon tour, je pourrais avoir des scrupules ; et si l'estime et l'inclination ne doivent point entrer en ligne de compte, si votre qualité de fugitif ne laisse, à votre avis, aucun prix au don de votre main, j'ai contre moi la médiocrité de mon bien, et une naissance que je ne puis comparer à la vôtre.

M. DE VIEUXMANOIR

Cessez de me parler sur ce ton.

JULIE

Je ne l'ai pris qu'à votre exemple.

M. DE VIEUXMANOIR

L'humilité sied si bien à ma fortune.

JULIE

Son excès sied mal à tout ce que vous valez.

M. DE VIEUXMANOIR, *baisant la main de Julie*

Julie, m'aimez-vous ?

SCÈNE VII

Les Acteurs précédents, Mme VOGEL, suivie de M. D'ESTOURDILLAC.

Mme VOGEL, *se mettant entre M. de Vieuxmanoir et Julie*

(*A M. de Vieuxmanoir.*) C'EST pousser un peu loin la galanterie française. (*A Julie.*) C'est montrer un peu trop de facilité et de complaisance. Mon frère n'a que ce qu'il mérite ; mais ceci m'offense et me déplaît pour mon compte.

M. D'ESTOURDILLAC, *à Mme Vogel*

Fi donc, tante adorable ! vous surprenez indiscrètement les gens ; et au lieu de leur faire des excuses, vous les grondez : cela n'est pas bien. Pour vous punir, je vous annonce la tenace marquise. Elle s'est emparée de M. votre frère, avec lequel je revenais ici. Tenez, la voilà, une lettre à la main. Avec quelle vivacité elle parle et gesticule !

SCÈNE VIII

Les Acteurs précédents, LA MARQUISE, LA COMTESSE, M. JAGER.

(La Comtesse s'approche de Julie qui l'embrasse. Vieuxmanoir parle à Mme Vogel.)

LA MARQUISE, *à M. Jager*

Si vous aimez ce jeune homme, vous lui ferez sentir ce qu'il doit à sa fortune, à son nom, à sa famille.

M. JAGER

Parlez-lui, Madame. L'enferme-t-on ici ? L'obsède-t-on ? Cherche-t-on à le captiver, à le séduire ? Rien de tout cela, je vous le proteste.

LA MARQUISE, *à M. de Vieuxmanoir*

M. de Vieuxmanoir !

M. D'ESTOURDILLAC, *se mettant devant elle*

On salue, tout au moins en passant, les gens à qui l'on a procuré force reproches et un coup d'épée.

LA MARQUISE

Oui, je sais cela, et j'en suis fâchée ; mais j'ai autre chose à faire que de vaines lamentations. M. de Vieuxmanoir !

M. DE VIEUXMANOIR, *à Mme Vogel*

Ne me soyez pas si contraire !

LA MARQUISE

M. de Vieuxmanoir ! (*Elle le tire par la manche.*) Daignerez-vous faire enfin quelque attention à moi ?

M. DE VIEUXMANOIR

Que me voulez-vous ? (*Se retournant vers M*^{me} *Vogel.*) Si son père consent...

LA MARQUISE

Ecoutez.

M. DE VIEUXMANOIR

Qu'est-ce ? (*Il se retourne toujours vers M*^{me} *Vogel.*)

LA MARQUISE

Je reçois à l'instant une lettre de Manheim.

M. DE VIEUXMANOIR

Que m'importe Manheim ?

LA MARQUISE

M. de Potomanapoutzky y est arrivé.

M. DE VIEUXMANOIR

Qu'est-ce que cela me fait ?

LA MARQUISE

C'est un seigneur polonais très riche, qui a épousé la sœur du grand-père paternel de ma fille.

M. DE VIEUXMANOIR

Cela m'est très égal.

LA MARQUISE

Le mari et la femme sont déjà sur l'âge.

M. DE VIEUXMANOIR

A la bonne heure.

LA MARQUISE

Ils n'ont point d'enfants.

M. DE VIEUXMANOIR

Tant mieux ; ils ne me persécuteront pas pour épouser leur fille.

LA MARQUISE

Ils sont venus chercher la mienne, et veulent la mener à Varsovie.

M. DE VIEUXMANOIR

Qu'elle aille.

LA MARQUISE

Et moi avec elle.

M. DE VIEUXMANOIR

Partez.

LA MARQUISE

Et l'époux qu'ils savent que je lui destine.
Voyez, dans la lettre que je reçois, votre
nom distinctement écrit.

M. DE VIEUXMANOIR

Je ne vais point.

LA MARQUISE

Vous vivrez dans la splendeur pendant
leur vie, et serez riche après leur mort.

M. DE VIEUXMANOIR

Cela ne me tente pas du tout.

LA MARQUISE

Ils sont restés auprès de ma fille, dont ils
sont enchantés, et lui ont assuré déjà une
partie de leur fortune. Venez être heureux
avec nous, venez.

M. DE VIEUXMANOIR

Ce sont autant de paroles perdues, que
celles que vous daignez prodiguer.

LA MARQUISE

On vous croira fou.

M. DE VIEUXMANOIR

Jamais je n'aurai été plus sage.

LA MARQUISE

Vous croupirez dans l'obscurité...

M. DE VIEUXMANOIR

Je ne me soucie d'aucun éclat.

LA MARQUISE

Dans la misère.

M. DE VIEUXMANOIR

Oh ! non. Je saurai travailler, s'il le faut.

LA MARQUISE

Je vous déteste, je vous méprise... je vous laisse.

M. DE VIEUXMANOIR

Ce dernier mot répare toutes vos injures.

M. D'ESTOURDILLAC

Que ne jetez-vous les yeux sur moi, Madame ? Quelque chose m'empêche-t-il d'être votre gendre ? Les d'Estourdillac ne sont-ils pas aussi anciens que la monarchie française ?

La Marquise

Mais vos terres, si vous en avez, sont en Gascogne et fort éloignées par conséquent des nôtres, au lieu que les siennes...

M. d'Estourdillac

Vos terres, Madame la Marquise, et les siennes, tout ainsi que les miennes, ne sont nulle part ; et moi, quoique cadet, très cadet, je me crois aussi riche que beaucoup d'aînés. Allons, acceptez-moi.

La Marquise

Je ne saurais ; mais venez avec moi à Manheim. Ma nièce est devenue si raisonneuse, que le tête-à-tête avec elle m'est insupportable.

La Comtesse

Je vous débarrasserai de moi, ma chère tante. Me cédez-vous, chevalier, votre logement dans le village voisin ?

M. d'Estourdillac

De grand cœur. Vous y trouverez les quatre murailles, une chaise à laquelle il reste trois pieds, un lit de sangle, et mon arbre généalogique.

La Comtesse

Je saurai m'y arranger.

M. d'Estourdillac

Avant de partir, il faut savoir si notre mariage est conclu.

M. Jager

Je ne puis me passer du consentement d'une sœur que j'aime, et qui a tenu lieu de mère à ma fille.

Mme Vogel

Il faut bien le donner. Après ce que Monsieur nous sacrifie, je ne puis m'opposer au choix de ma nièce.

(La Marquise s'en va ; elle rencontre le Ministre de la République française, et détourne la tête. M. Jager et M. d'Estourdillac la suivent.)

M. d'Estourdillac, *au Ministre de la République*

Je vais en Pologne, Monsieur ; et je n'y serai pas plus tôt roi, que ma république fera alliance avec la vôtre. Je vous conjure de vous faire nommer ambassadeur à ma cour. (*Il sort.*)

SCÈNE IX

LE MINISTRE, Mme VOGEL, LA COMTESSE, JULIE, et bientôt après M. JAGER qui rentre.

M. DE VIEUXMANOIR, *à Mme Vogel*

VEUILLEZ me présenter à Monsieur, non plus comme un Français, mais comme un Suisse. J'en adopte les mœurs et les sentiments.

M. JAGER

Voici une troupe de paysans et de paysannes qui, étant avertis par ma sœur, demandent à voir le ministre de la République française, et veulent célébrer en sa présence la neutralité et la paix que ses soins ont contribué à leur conserver.

(*Le théâtre s'illumine. Treize paysans et treize paysannes, habillés selon les différents costumes des treize cantons, entrent en dansant. Julie demande le Ministre et la Comtesse demande Vieuxmanoir pour danser. Ils refusent poliment l'un et l'autre.)*

LE MINISTRE, *à M. de Vieuxmanoir, pendant un silence de l'orchestre*

Jeune homme, pourquoi ne dansez-vous pas ?

M. DE VIEUXMANOIR

Ma mère est en prison.

Fin du troisième et dernier Acte.

IMPRIMERIE WOLFRATH & SPERLÉ

NEUCHATEL.

9 782019 977535